Paul BAUDRY

HISTOIRE

DE

ROUEN

ROUEN

IMPRIMERIE DU NOUVELLISTE

1, RUE SAINT-ÉTIENNE-DES-TONNELIERS, 1

—

1899

HISTOIRE DE ROUEN

Paul BAUDRY

HISTOIRE

DE

ROUEN

ROUEN

IMPRIMERIE DU NOUVELLISTE

1, RUE SAINT-ÉTIENNE-DES-TONNELIERS, 1

1899

HISTOIRE DE ROUEN

Origine de Rouen.

Une réflexion qui peut paraître étrange, et qui cependant est
vraisemblable, c'est que notre vieille et importante ville de
Rouen, qui, avant de porter son vocable actuel, a été primitive-
ment désignée sous les noms de Ratumacos et de Rotomagus,
a toujours dû, dans le langage usuel, être appelée Rouen.

Les noms, en effet, ne se modifient pas aisément. Les tradi-
tions et les usages sont des conservateurs par excellence. Com-
ment admettre que le peuple se soit habitué à dire tour à tour,
en parlant de la cité gauloise, romaine et française, tantôt
Ratumacos, tantôt Rotomagus, tantôt enfin Rouen ? Il est donc
très probable que les deux premières appellations auront été
réservées à la langue officielle et épigraphique, et que la troi-
sième aura toujours été la dénomination populaire. Chose in-
téressante d'ailleurs à constater : le gaulois Ratumacos, le latin
Rotomagus et le français Rouen durent avoir une seule et même
étymologie. Tous les trois signifieraient le hameau, la bourgade
ou la résidence d'un personnage, d'un chef divinisé, Rat, Rot
ou Rou, dont la détermination restera toujours incertaine.

I.

Epoque gauloise.

Plusieurs siècles avant la naissance de Jésus-Christ, des
peuplades, poussées par la misère, par des luttes fratricides et
par cet irrésistible attrait qui, de tout temps, a entraîné les
habitants de l'Est vers les séduisantes contrées de l'Ouest,

quittèrent les hauts plateaux de l'Asie, les montagnes de l'Arménie et du Caucase, et, après un certain nombre de stations intermédiaires, vinrent se fixer sur le sol que les Français, et, par conséquent, les habitants de Rouen, occupent encore.

Ces peuplades, qui, d'après le livre le plus anciennement connu, la *Bible*, descendaient de Sem, le premier des fils de Noé, s'appelaient en grec Keltes ou Galates, en latin Galli. Les temps, relativement modernes, leur donnèrent les noms de Celtes et de Galles ou Gaulois, et le pays principal où ils s'établirent fut la Gaule. aujourd'hui la France.

Outre les Gaulois, plusieurs autres races d'hommes vinrent prendre possession d'une partie de la France actuelle. Tels furent les Aquitains, qui, après avoir abandonné l'Orient, traversèrent l'Espagne, et occupèrent la région comprise entre les Pyrénées, la Garonne et l'Océan. Tels furent aussi les Phocéens, qui émigrèrent de la ville grecque de l'Asie mineure dont ils conservèrent le nom, et fondèrent la commerçante ville de Marseille, dans les premières années du vi[e] siècle avant l'ère chrétienne.

Malgré leur origine orientale, et bien qu'ils connussent les chefs-d'œuvre de la Grèce et de Rome, — puisqu'ils avaient pillé le temple de Delphes, 279 ans avant Jésus-Christ, pris Rome, l'an 390, et plusieurs fois envahi l'Italie dont ils étaient les ennemis les plus redoutés, — les Gaulois se distinguèrent peu dans les arts. La preuve de cette assertion nous est fournie par les grossières productions céramiques, et par les tombeaux qu'ils nous ont laissés, par leurs armes en silex et en bronze, par leurs primitives monnaies qui révèlent cependant parfois une réminiscence grecque, et surtout par les monuments étranges et rudimentaires dont ils ont couvert certains points de notre territoire, particulièrement la Bretagne : les *cromlechs*, pierres brutes et alignées, les *menhirs*, espèces de bornes hautes et informes, et les *dolmens*, autels des plus élémentaires, destinés sans doute aux sacrifices humains. De constructions architecturales il n'est pas alors question. Les arbres des forêts, et les pierres, à peine symétriquement placées, dont je viens de parler, leur servaient de temple; le gui du chène était l'objet de la vénération de leurs druides, lesquels représentaient une sorte de sacerdoce.

Quelque régularité géographique paraît avoir présidé à la position respective de plusieurs de leurs tribus; et la plupart de leurs villes naissantes prirent, comme Rouen, le nom d'un de leurs chefs ou d'une de leurs divinités. Rouen, faisant partie de la tribu des Vélocasses, qui occupait alors le pays des Belges, ne dut être, à une époque de fixation lointaine et indéterminée,

que la réunion de quelques huttes en terre destinées à des
pêcheurs ou à des pâtres.

La force militaire des Gaulois, et par conséquent de nos prédécesseurs à Rouen, obligea souvent les Romains à compter
avec eux. Ce ne fut qu'à la suite d'une longue et intrépide
résistance, que la Gaule méridionale devint dépendante de
l'Empire romain, de 126 à 119 ans avant Jésus-Christ. Ce premier morcellement fut l'avant-coureur de leur défaite générale.
De 59 à 51, la Gaule celtique céda devant les armes victorieuses
de Jules César ; et le dernier défenseur de la liberté des
Arvernes, l'héroïque et valeureux Vercingétorix, vaincu à
Alésia, et obligé, pour éviter de plus grands maux à ses com-
patriotes, de se livrer au conquérant, eut la tête tranchée à
Rome, l'an 46 avant Jésus-Christ.

II.

Époque romaine.

César ne parle pas de Rouen. dans ses *Commentaires*.
Cependant Rouen existait à l'époque de la conquête, puisqu'il
fut compris dans la Belgique par Auguste. L'*Itinéraire* d'An-
tonin, dressé en 44 avant Jésus-Christ, et revisé sous
Théodose II, an 435 après Jésus-Christ, le cite. Le grec Ptolémée
en parle vers le milieu du IIe siècle ; saint Paulin de Nole, qui
vivait aux IVe et Ve siècles, l'indique également. Dioclétien, au
IIIe siècle, en fit la Métropole de la seconde Lyonnaise, dont
Ammien Marcellin dit, au IVe siècle, qu'elle était la gloire.

La race gauloise asservie essaya vainement, pendant l'occupation romaine, de recouvrer son indépendance. Plusieurs
tentatives de ce genre furent réprimées, et leurs auteurs, —
parmi lesquels, sous Dioclétien, Sabinus s'est rendu célèbre
par son courage personnel et par le rare dévouement de sa
femme Eponine, — périrent dans les plus affreux supplices.

Les Romains s'établirent dans ce qui est maintenant compris entre la Manche, le Rhin, les Alpes, la Méditerranée, les
Pyrénées et l'Océan Atlantique. Ils divisèrent en provinces cet
immense espace, en relièrent les principaux centres par des
voies de communication, dont on retrouve encore des tronçons,
apportèrent dans la vieille Gaule le luxe et les richesses d'une
civilisation molle et matérielle, et y élevèrent pendant les IIe et
et IIIe siècles des temples à leurs dieux, des théâtres et de
brillantes constructions. Des villas fastueuses, souvent desti-

nées aux magistrats et aux agents impériaux, imposèrent leurs vocables à beaucoup de nos villes et villages actuels. La langue latine, substituée à la langue des Celtes, refoula celle-ci dans la Basse-Bretagne, et dans le pays des Aquitains, au midi de la Gascogne.

Dans la seconde moitié du premier siècle, un événement immense vint apporter un peu d'espoir chez la population vaincue; ce fut l'introduction du christianisme. Après de longues résistances et de sanglantes persécutions, — pendant lesquelles, sous Marc-Aurèle et sous Sevère, des milliers de chrétiens, et à leur tète l'évèque saint Pothin et son successeur, saint Irénée, furent égorgés dans la ville de Lyon, — le christianisme s'établit, en 312, sur le trône de Constantin, et vint tempérer la tyrannie, jusque-là inflexible, des conquérants. L'évèque devint le tuteur des opprimés, le consolateur de toutes les misères, le *défenseur de la cité*.

Le premier prédicateur chrétien qui ait posé le pied sur le sol rouennais, a écrit M. Paul Allard, est saint Mellon.

Saint Mellon, écrit à son tour M. l'abbé Loth, arriva à Rouen vers 260. Cette ville était déjà considérable. Le Gaulois Posthumus, proclamé empereur par des légions enthousiastes et qui tenait en échec ses compétiteurs romains, faisait volontiers de Rotomagus son séjour favori. Nul doute que la population ne fût en proportion avec l'affluence de la cour et de l'armée. Capitale d'un vaste territoire, Rotomagus renfermait de précieux éléments de civilisation. Placée sur la Seine, la ville s'enrichissait nécessairement du commerce de transit; elle se garnissait de grandes rues parallèles à la Seine et de belles habitations. Des vignobles s'étendaient sur les collines d'alentour; l'industrie et les arts commençaient à s'y développer. Les nombreuses découvertes, faites dans le sol de Rouen, témoignent, pour l'époque qui nous occupe, d'une prospérité et d'une grandeur incontestables. Après Posthumus, c'est Constance-Chlore qui vient se fixer à Rouen; et le faste, que portait partout ce César intelligent, devait trouver, dans la capitale de la seconde Lyonnaise, un théâtre naturel. Ce fut dans ce milieu que se déployèrent les efforts des missionnaires chrétiens. Saint Mellon, qui les dirigeait, eut le bonheur de voir son zèle couronné de succès.

Saint Victrice, archevêque de Rouen à la fin du IVe siècle, s'y distingua par son ardeur pour la discipline ecclésiastique et la construction des sanctuaires.

Il y avait à cette époque, dans toute la chrétienté, a dit M. Chéruel, un mouvement d'enthousiasme auquel l'Eglise de Rouen ne demeura pas étrangère. C'était le siècle des Augustin, des Jérome, des Chrysostome, des Hilaire, des **Martin de Tours**. Les Gaulois saint Paulin et Sulpice-Sévère répandaient un vif éclat sur les lettres chrétiennes. L'archevêque de Rouen, entretint des rapports familiers avec ces chrétiens illustres. Paulin de Nole lui adressa deux lettres où il atteste le changement introduit par saint Victrice dans l'Eglise de **Rouen** : cette ville, lui écrit-il, était à peine connue jadis, même des pays voisins; aujourd'hui, nous l'entendons citer avec **éloge** dans les contrées lointaines, on la vante comme un des lieux consacrés par la sainteté. Les louanges de Dieu y retentissent chaque jour dans de nombreuses églises, et dans la solitude des monastères.

Saint Ambroise, dit M. Paul Allard, retrouva en 386, dans la Basilique Naborienne, à Milan, la tombe qui renfermait les restes de saint Gervais et de saint Protais, martyrisés dans cette ville au Ier ou au IIe siècle. Saint Ambroise ne voulut pas garder pour lui ce précieux trésor. Saint-Victrice reçut de lui, peu d'années probablement après la découverte, une caisse contenant des reliques de plusieurs saints; parmi elles, figuraient celles de saint Gervais et de saint Protais. Aux premiers siècles chrétiens, l'usage n'existait pas de diviser les corps saints, pour en conserver séparément les parties; on les laissait reposer intacts dans leur tombeau. Les reliques, que l'on envoyait alors aux églises. consistaient en des linges ayant touché aux corps ou aux tombeaux des saints; on y joignait quelques gouttes de l'huile qui avait brûlé dans le lieu où ils reposaient, des fragments de l'étoffe dont leurs restes avaient été enveloppés, de la poussière, souvent imprégnée de sang, recueillie dans leurs sépulcres.

En ce qui concerne saint Gervais et saint Protais, saint Ambroise raconta lui-même à sa sœur, que tous les os des deux martyrs, retrouvés par lui, étaient demeurés entiers, et que, loin de les diviser, il les remit, dans cette intégrité, à leur place naturelle, et les fit transporter dans la célèbre Basilique connue sous le nom de Basilique Ambroisienne, où la piété savante de nos jours les a découverts.

Les reliques de saint Gervais et de saint Protais, reçues par saint Victrice, furent sans doute de petites reliques de cette nature, un peu de sang, parcelle de ces justes, peut-être un petit fragment d'os recueilli avec la poussière de la sépulture, mais n'altérant en rien l'intégrité des corps. Quelles qu'elles fussent, saint Victrice les considéra comme si précieuse, qu'il érigea, pour les recevoir, un oratoire, ou, suivant son expression, une Basilique sur une colline du nord de Rouen, où les chrétiens avaient leur cimetière; et il mit, à cette construction, une telle

ardeur, que « moi-même, dit-il, je roulerai avec mes mains, je
porterai sur mes épaules de grosses pierres, je baignerai la
terre de mes sueurs, puisque Dieu m'a refusé la consolation
de l'arroser de mon sang ».

M. l'abbé Cochet constate avoir reconnu les fondements et
une partie des assises de l'église construite par saint Victrice,
et à laquelle fut donné, sans doute dès l'origine, le nom de
Saint-Gervais et Saint-Protais. La crypte, qui existe encore
sous l'abside de notre église actuelle de Saint-Gervais, et qui
est, sans contredit, le monument religieux le plus ancien de
Rouen, aurait-elle appartenu à l'édifice bâti par saint Victrice?
Rien, dans le caractère de son architecture, ne contredit la
solution affirmative de cette question.

III.

Epoque franque.

Succédant à l'influence romaine, le clergé s'efforça à Rouen,
comme dans toutes les villes envahies de la Gaule, d'arrêter
les hordes étrangères qui respectaient, au moins, le caractère
sacré du prêtre. Le pouvoir de l'Eglise, ainsi que l'a écrit
M. Chéruel, est donc à cette époque la grande et salutaire autorité, celle qui protège le peuple contre les barbares.

Sans doute, cette autorité, toute pacifique et morale, ne
paraît pas toujours être une sauvegarde absolue. Les documents
historiques et les effroyables ravages des Huns, des Alains et
des Francs, qui dévastèrent la seconde Lyonnaise, sont là pour
le prouver. Cependant, après la conversion de Clovis, au
christianisme à la fin du Ve siècle, le pouvoir des évêques va
sans cesse grandissant ; et, en retour de la protection religieuse
qu'ils ont à cœur de gagner, les rois francs comblent l'église de
richesses, et font souvent de ses représentants leurs principaux
conseillers. Au VIIe siècle, saint Eloi, évêque de Noyon,
devient monétaire de Clotaire II, puis trésorier de Dagobert.
Son ami et historien, saint Ouen, archevêque de Rouen, dont
le nom est porté ici par notre ancienne et célèbre abbatiale,
fut chancelier de Dagobert.

L'historien de saint Ouen, auquel je viens de faire allusion,
signale, par des traits curieux, les sages conseils que le clergé
donnait à des populations encore grossières et imbues de
superstitions déplorables :

« Je vous conjure, disait-il aux chrétiens de son temps, de
fuir les usages sacrilèges des payens ; ne consultez ni les de-

vins, ni les sorciers, ni les magiciens, ni les enchanteurs ; n'observez ni les augures, ni les éternûments ; ne vous arrêtez pas sur votre route pour écouter le chant des oiseaux ; mais, soit que vous entrepreniez un voyage ou tout autre chose, signez-vous au nom du Christ. Que nul chrétien n'observe le jour où il sort, ni celui où il rentre, car Dieu a fait tous les jours égaux. Qu'aucun ne fasse attention au jour ou à la lune, pour commencer une entreprise. Qu'aux calendes de janvier personne ne se livre à des pratiques ridicules et criminelles. Fuyez, à la fête de saint Jean et des autres saints, les danses, les sortilèges et les cérémonies diaboliques, que personne n'invoque les noms des démons. Evitez les temples, les pierres, les sources ou les arbres consacrés aux démons. Ne faites point passer vos troupeaux par un arbre creux ou par une fosse ; ce serait en quelque sorte les consacrer au diable. Qu'aucune femme ne suspende à son cou des sachets d'ambre, qu'elle n'invoque point Minerve avant de travailler la toile, mais qu'elle implore, pour son ouvrage, la grâce du Christ. Si la lune vient à s'obscurcir, ne poussez pas de cris ; c'est par la volonté de Dieu qu'elle subit des éclipses à certaines époques. Que personne ne craigne d'entreprendre un travail à la nouvelle lune. Dieu a fait la lune pour marquer les temps, éclairer l'obscurité des nuits, et non pour mettre obstacle aux travaux ou frapper l'homme de folie ».

Le prédécesseur de saint Ouen sur le siège pontifical de Rouen, saint Romain, issu de sang royal, avait été, tout jeune encore, appelé à la cour, et presque aussitôt nommé conseiller. En mémoire des immenses services qu'il rendit à son diocèse, fut instituée une procession annuelle, qui eut lieu, jusqu'à la fin du siècle dernier, le jour de l'Ascension, et dans laquelle le Chapitre de la Cathédrale avait le privilège de grâcier un criminel condamné à mort.

Le rôle charitable du clergé s'exerçait aussi à propos du droit d'asile, que la plus brutale violence respectait presque toujours, et dont l'histoire de l'archevêque de Rouen, saint Prétextat, nous offre un mémorable exemple.

A la mort de Clotaire, l'an 561, ses quatre fils, comme auparavant ceux de Clovis, s'étaient partagé son héritage. Mais, dès 565, deux d'entre eux, Chilpéric, devenu roi de Soissons, et Sigebert, roi d'Austrasie, s'étaient armés l'un contre l'autre. Une double alliance sembla d'abord devoir amener leur réconciliation Galeswinthe traversa Rouen pour épouser Chilpéric ; Sigebert épousa Brunehaut ; mais le roi de Soissons fit périr sa femme, à l'instigation de Frédégonde ; Brunehaut jura de venger la mort de sa sœur, et la guerre recommença.

Abandonné de ses leudes, Chilpéric passa par Rouen, en 575, avec Frédégonde et ses fils, pour se renfermer dans Tournai. Sigebert, maître de Paris, s'avança aussi jusqu'à Rouen, mais sans prendre la ville; et, lorsque le poignard d'un assassin eut délivré Frédégonde de son ennemi, le roi d'Austrasie, Rouen fut choisi pour la prison de Brunehaut. Mérovée, fils de Chilpéric et d'une première femme, nommée Andovère, se laissa vivement impressionner par la vue de la malheureuse captive; et saint Prétextat, qui, par une coïncidence remarquable, avait tenu le jeune prince sur les fonts du baptême, et qui conservait une grande affection pour lui, bénit son alliance avec la veuve de Sigebert. A cette nouvelle, Chilpéric se rendit en toute hâte à Rouen, et, sous prétexte d'un obstacle canonique qui s'opposait à l'union de son fils avec la femme qui avait été l'épouse de son frère, il demanda la rupture du mariage.

Ce fut alors que les nouveaux conjoints, effrayés, se réfugièrent dans l'église Saint-Martin-sur-Renelle, qui était située près des remparts de la ville, et dans les dépendances de laquelle ils trouvèrent un refuge inviolable. Chilpéric recula devant un sacrilège, et promit aux réfugiés que, si telle était la volonté de Dieu qu'ils fussent unis, il ne chercherait pas à les séparer. Mais, à quelques jours de là, il emmena avec lui Mérovée, qui ne tarda pas à périr victime de Frédégonde. Brunehaut fut rendue au roi d'Austrasie, son fils, et l'archevêque traduit, en 577, devant un Concile, tenu à Paris, où on l'accusa d'avoir violé les canons et conspiré contre le roi.

Des juges corrompus le livrèrent aux partisans de Frédégonde. Après un exil de sept ans, dans l'île de Jersey, de 577 à 584, il fut rappelé à Rouen, dont les habitants le reçurent avec des transports de joie considérables; mais Frédégonde était implacable dans ses projets de vengeance. Deux ans plus tard, elle vint à Rouen, et accabla le prélat de paroles amères, lui disant que bientôt il reverrait la terre d'exil; et, le jour de Pâques, 586, un assassin, soudoyé par elle, le frappa d'un coup mortel, pendant qu'il remplissait, dans son église, les fonctions sacerdotales.

IV.

Epoque normande.

En 841, les pirates scandinaves commencèrent leurs incursions dans la Seine, incendiant les villes, égorgeant les habitants, désolant les campagnes, renversant les monastères. Une première troupe, conduite par Ogier le Danois, brûla Rouen. En 846, les pirates abordent de nouveau dans notre ville, puis ils y reparaissent en 850 et 851, et y détruisent les maisons qui avaient échappé au premier incendie. La plus redoutable de ces invasions fut conduite par Rollon, en 876. Le vainqueur parcourut la ville, qui n'offrait plus que des ruines. Cependant, frappé de la beauté du site, et d'une position avantageuse sur les bords d'un grand fleuve, à l'abri de collines et de forêts, il résolut d'y fixer sa résidence et la capitale de l'Etat qu'il voulait fonder. Il s'y établit immédiatement, et ce fut de là qu'il partit dès lors pour porter au loin la terreur de ses armes. C'était là qu'il revenait, chargé de butin, de ses sanglantes expéditions.

Pendant plus de trente ans, Rouen gémit sous la domination cruelle des Scandinaves. Le joug des envahisseurs était d'autant plus odieux qu'il pesait sur l'âme comme sur le corps. L'apostasie devint fréquente. Des chrétiens, effrayés par les menaces des païens, reniaient le Christ. D'autres mangeaient de la chair des victimes immolées aux faux dieux, et participaient aux rites impies de leur culte. Enfin, Rollon conclut, avec Charles le Simple, le traité de Saint-Clair-sur-Epte, 912, reçut le baptême de Francon, archevêque de Rouen; et, désireux de réparer les désastres de la guerre, devint désormais, disent les chroniques, le plus fidèle adorateur du Christ, dont il avait été jadis le plus cruel ennemi.

Rollon et son fils, Guillaume Longue-Epée, agrandirent beaucoup leur ville, rétrécirent le lit de la Seine, comblèrent l'espace qui séparait plusieurs îles de la terre ferme; et une nouvelle enceinte, — abstraction faite de l'enceinte galloromaine, — fut à peu près limitée au nord par la place des Carmes, à l'est par le cours de Robec, à l'ouest par celui de la Renelle, au sud par le fleuve. De plus, sur le côté gauche de la Renelle, Rollon construisit une citadelle ou château, dont le souvenir fut conservé par l'église Saint-Pierre, *du Chatel;* et, plus tard, en 996, en amont de la Seine, près de la rive droite de Robec, Richard Ier fit également construire un château, appelé la *Tour,* dont la *Haute* et la *Basse-Vieille-Tour* actuelles ont le pris le nom.

En même temps, Rollon garantissait la sécurité à tous ceux qui voudraient habiter dans ses domaines. Grâce à lui, une justice inflexible s'établit partout. Le paysan pouvait laisser sans crainte sa charrue dans la campagne; et des bracelets d'or, disent les légendes, — donnant, sous une forme naïve, une idée de la terreur qu'inspirait le sévère justicier, —

restèrent suspendus dans la forêt de Roumare, sans que personne osât y toucher.

Rouen, écrit M. Bouquet, auquel j'emprunte un certain nombre de passages pour la rédaction de ces notes, fut témoin, en 1065, des fêtes que Guillaume, le futur Conquérant, donna à Harold, dans le but intéressé de l'amener à seconder ses prétentions à la couronne d'Angleterre. On ne voit pas quelle part active la cité prit à la conquête d'outre-Manche, l'année suivante; mais, quand Guillaume eut soumis ce pays, et tracé, sur les bords de la Tamise, l'emplacement où devait s'élever la Tour de Londres, quand il eut obtenu bien des conditions avantageuses aux Normands, Rouen l'accueillit à son retour, en 1067, avec d'immenses transports de joie, que l'avenir ne fit qu'accroître.

Le fait est que, sous les rois francs, les invasions du Nord avaient amené la ruine presque totale des établissements de commerce de Rouen. Mais la sagesse et la vigueur de Rollon ne tardèrent pas à les relever et à les développer. Un écrivain anglais put dire au XIIᵉ siècle : « Rouen est une des villes les plus célèbres de l'Europe, située sur la Seine, fleuve des plus considérables, qui sert pour lui apporter les objets d'échange d'un grand nombre de pays »

En contribuant à cette prospérité, Guillaume le Conquérant n'avait pas oublié d'accorder des libertés politiques aux bourgeois de sa capitale d'adoption. Aussi grande fut la douleur, dans celle-ci, lorsqu'il y mourut, le 11 septembre 1087, au prieuré de Saint Gervais.

Les successeurs de Guillaume le Conquérant augmentèrent les privilèges déjà concédés par lui aux bourgeois de Rouen : « Nous leur accordons, dit, en 1199, la charte de Jean sans Terre, leur commune avec toutes leurs libertés et leur justice aussi complètement qu'ils l'ont jamais exercée ».

L'existence de la commune rouennaise remontait au milieu du XIIᵉ siècle.

Ainsi s'explique l'attachement des Rouennais aux rois d'Angleterre, leurs ducs, qu'ils défendirent toujours contre les rois de France. L'intérêt de leur commerce, l'amour de leurs libertés, la crainte de tomber du premier rang au second, leur firent repousser Philippe-Auguste lorsque celui-ci, profitant de la lâcheté de Jean sans Terre, meurtrier de son neveu, Arthur de Bretagne, confisqua la Normandie, et vint, en 1204, assiéger Rouen. Pendant quatre-vingts jours, ils repoussèrent les assauts de son armée; ils aimaient mieux être vaincus par lui que subir volontairement son joug. Cependant, abandonnés par leur duc, malgré les plus pressants appels, ils

durent se livrer au roi de France après une résistance énergique.

De 912 à 1204, la Normandie avait eu treize ducs.

V.

Epoque française.

Des démolitions et des ruines, tel est l'aspect général que
présente une ville, après un siège acharné. Tel fut celui de
Rouen, dont presque toutes les constructions, y compris la
Cathédrale, avaient d'ailleurs été détruites par un incendie en
1200, et dont nos prédécesseurs furent obligés d'abattre eux-
mêmes leurs murailles et leur citadelle principale, de sorte
que, au commencement du XIIIe siècle, rien, des monuments et
des habitations de l'époque normande, n'apparaissait pour
ainsi dire plus au-dessus du sol.

Cependant, rentré dans l'unité française, après une sépara-
tion de trois siècles, Rouen ne tarda pas à reprendre de l'ex-
tension et une importance sérieuse. Le roi, pour défendre sa
conquête, bâtit, en 1205, au nord de la ville, un château fort
d'où il pourrait surveiller celle-ci et communiquer avec la
campagne. Mais, pour apaiser les différends qui divisaient les
officiers et la commune de Rouen, il entra, en 1207, dans la
ville, et en confirma tous les droits, par une charte, que ses
successeurs, à leur avènement, devaient jurer de respecter.
L'érection d'un beffroi fut l'image symbolique de cette conces-
sion.

Rouen s'accroit sous les règnes suivants. Louis VIII lui céda,
au nord, les arrière-fossés récemment comblés : et des maisons
y furent construites pour les pauvres, d'où le nom qui subsista
jusqu'à nos jours, à cet endroit, de rue de *l'Aumône*. Saint-
Louis y ajouta des quartiers restés jusque-là en dehors de
l'enceinte fortifiée. A la fin du XIIIe siècle, le chiffre de la population peut être estimé à 50,000 personnes.

En 1292, une émeute éclata à l'occasion d'impôts appelés
Mallote, et Philippe le Bel confisqua pendant deux ans l'admi-
nistration communale. Puis, Rouen perdit la navigation exclu-
sive de la Seine maritime. Par contre, la célèbre *Charte aux
Normands* accordée par Louis le Hutin, en 1314, reconnut et
proclama la souveraineté et l'indépendance de l'Echiquier de
Normandie, et confirma les franchises de la province.

Sous Philippe de Valois, fut rétablie la dignité de duc de

Normandie, qui avait été supprimée par la conquête de Philippe-Auguste. Restée chère aux Rouennais, comme marque de leur ancienne indépendance, elle fut confiée par le roi à Jean son fils aîné, en 1332. L'année suivante, le nouveau duc, dit M. Chéruel, vint à Rouen, à l'octave de l'Epiphanie. Les habitants le reçurent avec la joie la plus vive. La cérémonie du couronnement dut être, pour la province entière, et surtout pour sa capitale, l'occasion d'une vive allégresse. On vit reparaître l'antique couronne ducale, avec son cercle d'or, orné de roses d'or. L'anneau ducal, passé au doigt du nouveau souverain, fut un emblème de son union étroite avec la province. Le duc prêta serment entre les mains de l'archevêque, et s'engagea à respecter les chartes, libertés et franchises existantes. Les armes de France disparurent des actes publics pour faire place aux léopards normands. A partir de ce moment, le duché de Normandie devint l'apanage ordinaire des fils aînés de France, jusqu'à sa suppression par Louis XI.

La guerre de Cent ans, 1337-1453, venait d'éclater, lorsque Philippe de Valois, se souvenant de Guillaume le Conquérant, songea, lui aussi, à faire une descente en Angleterre. Le *Clos-des-Galées*, de Rouen, fournit des navires; mais, en 1346, l'armée d'Edouard III prévint l'expédition projetée, en débarquant sur la côte normande, où elle brûla et dévasta tout sur son passage, et détruisit, à Rouen, plusieurs maisons près du monastère de Bonne-Nouvelle, et deux arches de l'ancien pont de Mathilde. Les milices rouennaises firent bonne contenance devant l'ennemi, et lui livrèrent une sanglante bataille, mais furent vaincues.

Charles V ayant contraint les Anglais à solliciter une trève, Rouen en profita pour donner le plus grand essor à son commerce et à son industrie. Ses marchands, associés aux navigateurs Dieppois, firent, pendant la fin du xive siècle, des expéditions aux îles Canaries et sur les côtes d'Afrique. Charles V, qui avait longtemps séjourné ici, comme duc de Normandie, s'efforça toujours de favoriser les Rouennais et de les réconcilier avec la royauté ; aussi son règne fut-il béni par eux, et, à sa mort, il leur légua son cœur qui fut déposé dans la Cathédrale.

Cette prospérité prit fin sous le règne suivant. L'oppression des oncles de Charles VI froissa l'orgueil de la bourgeoisie rouennaise, et celle-ci protesta, en 1382, par l'émeute connue sous le nom de *la Harelle*, contre le rétablissement d'impôts précédemment supprimés. Le roi pénétra dans la ville à la tête de ses troupes, et l'abolition de la commune fut la punition des révoltés. Désormais le pouvoir sera exercé par les officiers royaux; des échevins administreront cependant la ville, mais la mairie ne sera rétablie qu'au bout de trois siècles, sous Louis XIV.

A cette époque, et au commencement du siècle suivant, la France fut déchirée par la guerre civile des Armagnacs et des Bourguignons. Il ne s'agissait pas seulement de la lutte des maisons d'Orléans et de Bourgogne. En présence d'un roi insensé, d'une reine indigne, d'un dauphin esclave du parti Armagnac, et d'une noblesse affaiblie par ses divisions, le peuple, presque partout, voulut conquérir l'indépendance. Presque partout, il se déclara contre les Armagnacs et l'aristocratie, et pour le duc de Bourgogne, Jean sans Peur, qui, dans ses proclamations, affectait un grand zèle pour les communes.

Ce fut le rôle qu'adoptèrent les Rouennais; mais après avoir, en 1417, expulsé les Armagnacs qui s'étaient emparé de leur ville, après avoir reconquis plusieurs de leurs franchises et privilèges, ils apprirent avec inquiétude que le roi d'Angleterre, Henri V, qui venait de soumettre toute la Basse-Normandie, se disposait à quitter Caen, et à se diriger de leur côté. A tout événement, ils s'étaient mis en état de se défendre, et avaient poursuivi, sans relâche, jusqu'en 1415, la réparation de leurs murailles, dont l'enceinte peut être représentée aujourd'hui par la ligne de nos boulevards et de nos quais.

Dans leur ardeur de résister à l'invasion qui les menaçait, ils eurent le courage de démolir toutes les constructions situées en dehors des remparts, et qui, hors d'état de s'opposer aux ennemis, auraient pu leur servir d'asile et nuire à la défense de la ville. Ce fut ainsi qu'ils sacrifièrent les manoirs de Richebourg et d'Emendreville, de même que l'église de Notre-Dame-du-Pré ou de Bonne-Nouvelle. L'église Saint-Gervais avait été détruite antérieurement. Les faubourgs et environs de Rouen étaient devenus de vastes déserts, où les arbres et les haies des jardins avaient été coupés, où les herbes même et les bruyères avaient été brûlées, où la terre, entièrement nue, était partout semée de chausse-trappes.

VI.

Epoque anglaise.

Ce fut le 29 juillet 1418, à minuit, que Henri V vint ouvrir la tranchée devant Rouen, et commencer ce siége terrible et mémorable, qui allait durer plus de cinq mois et demi, et manifester, moins encore par des combats meurtriers, que par une famine et des souffrances inouïes, courageusement supportées, l'héroïque persévérance des assiégés. Ceux-ci, embarrassés, plus que renforcés, par la population des villes et des campagnes voisines, qui s'était réfugiée chez eux, ont été portés au chiffre, évidemment exagéré, de 400,000. Ils avaient pour se défendre 15 à 16,000 hommes de milices bourgeoises, indépendamment de environ 4,000 Bourguignons, dont ils avaient obtenu l'assistance, en représentant au duc de Bourgogne qu'après avoir chassé les ministres du roi et du dauphin, et avoir mis leur confiance en eux, c'était pour eux un devoir de ne pas les abandonner.

Une proclamation avait ordonné à tous les habitants de Rouen de se munir de vivres pour dix mois, ou de sortir de la ville. Alors commença, pour nos devanciers, cette longue et cruelle série d'épreuves dont peu de guerres ont donné un si lamentable exemple. Les Rouennais, et ceux qui s'étaient joints à eux, furent bientôt réduits à se nourrir des animaux les plus immondes. La viande ordinaire manqua totalement; un quartier de cheval valut plus de 1,500 francs de notre monnaie actuelle, une tête de cheval plus de 150 francs, un chat 60 francs, un rat 40 francs, une souris 8 francs, un morceau de pain, moitié grand comme la main, 15 francs. On n'eut pas de blé pour faire le pain que l'on fournissait aux chanoines, et on fut obligé de le remplacer par une distribution en argent.

Dans une pareille extrémité, un sacrifice nécessaire s'imposait, c'était d'expulser 12.000 pauvres gens, hommes, femmes et enfants, ce que l'on appelait les bouches inutiles; mais ces malheureux, auxquels les Anglais refusèrent de livrer passage, n'eurent d'autre retraite que les fossés, où, en plus du manque de nourriture, ils furent exposés à toutes les intempéries atmosphériques. Quand un enfant venait à naître, on le tirait par dessus les murs dans un panier, on le baptisait et on le redescendait ensuite dans les fossés, où il ne tardait pas à mourir.

Les assiégés faisaient d'intrépides attaques, mais sans succès. Dans le but de réclamer des secours à Charles VI et à Jean sans Peur, qui, de fait, gouvernait sous le nom du roi, ils résolurent de s'ouvrir une route à travers l'armée anglaise; mais des traîtres avaient scié les supports d'un des ponts des fossés, sur lequel les auteurs de la sortie devaient passer; et un grand nombre d'entre eux furent tués ou blessés, sans même réussir à protéger la retraite de ceux de leurs compagnons d'armes, qui, par une autre issue, avaient pénétré dans le camp ennemi.

Après plusieurs jours de négociations, dont les premières

conditions leur parurent trop affligeantes pour être acceptées, les Rouennais conclurent enfin, le 13 janvier 1419, avec l'archevêque de Cantorbéry délégué à cet effet, un traité qui du moins respectait leur honneur. La ville devait être rendue le 19 janvier, si elle n'était pas secourue auparavant. Les hommes d'armes obtenaient la vie sauve. Les habitants paieraient une forte rançon, livreraient leurs armes, les chaînes tendues au coin des rues, quatre-vingts otages et le terrain nécessaire pour la construction d'une forteresse. De son côté, Henri V s'engageait à leur laisser leurs biens et leurs privilèges, mais il exceptait de la capitulation un certain nombre de personnages, et entre autres le capitaine des arbalétriers, Alain Blanchart, qui, en marchant au supplice, aurait, dit-on, prononcé la phrase un peu théâtrale, et probablement inventée après coup : « Je n'ai pas de biens, mais, si j'avais de quoi payer ma rançon, je ne voudrais pas racheter le roi anglais de son déshonneur. »

Cinquante mille personnes avaient, pendant le siège, succombé à la famine.

La prise de Rouen ouvrait aux Anglais le chemin de Paris, que le traité de Troyes livra à Henri V, le 21 mai 1420, dans l'impuissance où le roi de France était de se défendre.

En plus du *Vieux Palais*, les Anglais firent bâtir, au bout du pont de Mathilde, du côté de Saint-Sever, un petit château, à la place d'une tour à demi ruinée, nommée *La Barbacane*. Leur tyrannie s'exerça sous toutes les formes. En 1422, la mort de Henri V fut une délivrance pour Rouen, et la présence du duc de Bedford, oncle de Henri VI, et régent pendant la minorité du jeune roi, apporta ici une sorte de calme relatif. Cependant le mécontentement persista chez les vaincus, et la nouvelle de la levée du siège d'Orléans, due à Jeanne d'Arc, en 1429, leur inspira le projet, promptement avorté et réprimé toutefois, de livrer une porte aux capitaines français.

Les scènes lamentables du procès et du martyre de l'héroïne de Vaucouleurs, scènes dont Rouen fut le témoin aussi impuissant qu'indigné, ont été savamment racontées en détail par un grand nombre d'historiens, et, chez nous, en particulier, par MM. Chéruel, O'Reilly, de Beaurepaire, Bouquet, Dubosc et Sarrazin. Il est cependant difficile de n'en pas dire un mot.

Amenée de Dieppe à Rouen, dans les derniers jours de décembre 1430, et probablement par le vallon que suit aujourd'hui la rue *Verte*, la prisonnière fut immédiatement enfermée dans une tour que les Anglais avaient construite en dehors du château de Philippe-Auguste, et qui, voisine du tracé actuel de la rue *Jeanne-d'Arc*, a été détruite en 1809. Ce fut là que la jeune fille supporta une longue détention de cinq mois, pendant laquelle elle fut en butte à tous les outrages ; ce fut de là qu'elle fut tirée, pour subir, le 9 mai 1431, dans le donjon, seul reste aujourd'hui du *Vieux Château*, les interrogatoires insidieux, auxquels, en face des instruments de torture, elle répondit avec autant de courage que de présence d'esprit ; de là que, le 24 mai, ses bourreaux la traînèrent au cimetière de Saint-Ouen, pour l'obliger à prononcer une formule d'abjuration publique, et, enfin, le 30 mai, sur le *Vieux Marché*, pour lui faire subir le plus horrible de tous les supplices.

En allant du *Château* au cimetière de Saint-Ouen, elle dut sortir par la porte principale, celle qui était vers la ville, passer par l'une des rues qui aboutissaient au carrefour de *La Crosse*, et par la rue *de l'Hôpital* actuelle.

Pour aller, le 30 mai, du *Château* à la place du *Vieux-Marché*, où elle arriva vers neuf heures du matin, elle était revêtue de la longue robe des suppliciés, et portée sur un chariot attelé de quatre chevaux. Un nombreux et lugubre cortège l'escortait. On a essayé de reconstituer le trajet qu'elle suivit, mais on est réduit, à cet égard, à de simples hypothèses. Elle dut, comme pour l'abjuration, sortir par la porte qui était vers la ville, de là être dirigée du côté de la rue *du Sacre*, qui comprenait alors la rue *du Moulinet*, suivre la rue *des Maillots*, la rue *des Bons-Enfants* et la rue *de la Prison*, et arriver ainsi à l'extrémité des anciennes *Halles de la Boucherie*, derrière le *pilori*, juste en face l'immense bûcher et les échafauds qui avaient été dressés près de l'ancienne église Saint-Sauveur.

Quels poignants souvenirs évoquent aujourd'hui les différentes étapes de ce douloureux chemin du calvaire !

VII.

Epoque de relèvement.

Le sang de Jeanne d'Arc fut fécond comme celui de tous les martyrs. Son exemple provoqua de nouveaux sacrifices, et, bientôt, Rouen fut le théâtre d'un acte de courage et de dévouement qui faillit délivrer la ville du joug des Anglais. Voici en quelle occasion :

Le 23 février 1432, le château de Philippe-Auguste fut pris par le sieur de Ricarville et par ses compagnons, qui faisaient partie du corps d'armée du maréchal de Boussac, chambellan de Charles VII, et qui avaient des intelligences secrètes avec l'intérieur du fort. Le comte d'Arundel, gouverneur pour les Anglais, n'eut d'autre moyen d'évasion que de se faire descendre dans les fossés. Mais, peu de jours après, Ricarville, assiégé à son tour, et réduit à se défendre dans la tour du donjon, dut se rendre et fut mis à mort, ainsi que ses compagnons. Tous furent décapités sur la place du *Vieux-Marché*. Leur supplice ne fit qu'accroître la haine des Rouennais contre l'armée anglaise, dont les pillards dévastaient les régions environnantes.

La délivrance de Rouen eut lieu, quand Charles VII vint assiéger les Anglais dans cette ville, les refouler de toutes leurs positions et les contraindre de capituler. Le 10 novembre 1449, il y fit son entrée triomphale, avec une pompe extraordinaire, au milieu des cris d'allégresse, des feux de joie et des festins dans les rues, tant était grand le bonheur d'avoir secoué le joug de l'étranger et de retrouver la patrie française.

A peine les Anglais venaient-ils d'être expulsés, que, le 15 février 1450, Charles VII ordonna de faire, à Rouen même, le procès de réhabilitation de Jeanne d'Arc Ce procès dura six ans entiers. Enfin, le 7 juillet 1456, l'archevêque de Rouen, Jean Juvénal des Ursins, prononça, dans son palais archiépiscopal, un jugement définitif qui cassait la première sentence, proclamait l'innocence de l'héroïne et déclarait sa mémoire à l'abri de toute atteinte. Ce même jour, une procession expiatoire se rendit au cimetière de Saint-Ouen, où avait été prononcée l'abjuration; et, le lendemain, une prédication solennelle fut faite en l'honneur de la vierge martyre, et une croix plantée à l'endroit où elle avait été brûlée.

Rouen, tout au bonheur de se voir, après une longue et dure servitude, incorporé de nouveau à la monarchie, songea bientôt aussi à reconquérir son indépendance provinciale. Le frère de Louis XI, Charles, duc de Berry, reconnu duc de Normandie, le 5 octobre 1465, prit possession de son duché, et reçut, avec le cérémonial des anciens temps, le serment de fidélité de tous ses vassaux. Mais, en 1468, l'Assemblée des Etats déclara la Normandie inséparable du domaine royal; l'anneau ducal, symbole de l'union des Normands avec leur souverain particulier, fut brisé; et les Rouennais, définitivement associés aux destinées de la France, ne placèrent plus leur commune au-dessus de la patrie, et abdiquèrent une partie de leurs libertés au profit général du royaume.

Peu après cette époque, c'est-à-dire vers 1483, fut introduite à Rouen l'industrie de l'imprimerie, qui ne tarda pas à y prospérer, et qui y est restée célèbre jusqu'à nos jours. Son premier représentant fut le rouennais Martin Morin, dont l'établissement d'imprimerie et de librairie était situé rue *Saint-Lô*, devant le prieuré de ce nom, à l'image Saint-Eustache. De nombreux ouvrages sortirent de ses presses, de 1484 à 1518.

Aux xv⁰ et xvi⁰ siècles, l'architecture se distingua à Rouen par l'érection de monuments magnifiques qui remplacèrent ou complétèrent ceux que les incendies et les sièges des siècles précédents avaient successivement détruits ou altérés. C'est en effet une des tristes conséquences de la guerre d'attaquer tout jusqu'aux autels du Dieu de paix. Parmi les constructions diverses qui s'élevèrent alors, et qui font encore notre gloire, je citerai nombre de travaux dans la Cathédrale, la tour et la nef de Saint-Ouen, l'église et l'*Aître* Saint-Maclou, le chœur de Saint-Nicaise, les tours de Saint-André, de Saint-Laurent, de Saint-Pierre-du-Châtel et de Saint-Cande-le-Jeune, l'édicule de la *Fierte*, le Palais-de-Justice, la Grosse-Horloge, l'hôtel du Bourgtheroulde, l'ancien Bureau des Finances et l'ancienne Chambre des Comptes.

Des générosités considérables encouragèrent ce réveil religieux et artistique. La *Tour de Beurre*, de la Cathédrale, commencée en 1487, sur les plans de Guillaume Pontifz, et terminée en 1507, par Jacques Leroux, fut édifiée avec le produit des dispenses accordées aux fidèles pour faire usage de lait et de beurre pendant le Carème, et ce fut à cette circonstance que la tour dut le nom qu'elle a gardé. Les chanoines avaient en outre fait placer, dans les endroits les plus apparents de l'église, plusieurs troncs destinés à provoquer des dons et aumônes en faveur de la construction. Le grand portail du même monument fut commencé, en 1509, par Roullant Leroux, aux frais du Cardinal d'Amboise, archevêque de Rouen, et terminé en 1530. Le neveu et successeur du premier cardinal d'Amboise éleva, dans la Cathédrale, le splendide mausolée dont la première pierre fut posée en 1520, et qui fut achevé cinq ans après.

Lorsque les événements de la fin du XVI⁰ siècle eurent ruiné le monastère des Emmurées, les religieuses de ce monastère eurent le courage de se placer sur le grand chemin qui longeait leur maison, et demandèrent l'aumône aux passants, faible ressource pour subvenir aux dépenses qu'elles avaient à faire, et qui, néanmoins, remarque D. Toussaint Duplessis, passa leurs espérances.

L'excellence de la draperie et de l'orfévrerie de Rouen était renommée au xv⁰ siècle. De beaux échantillons de leurs produits faisaient souvent partie des dons offerts par la cité à de nobles visiteurs. L'industrie des draps déclina ensuite ici, pour passer à Darnétal et à Elbeuf. Elle fut remplacée par celle de la soie, dont, en 1581, on comptait plus de 2,500 tisserands.

La fabrication de la faïence, qui allait devenir très importante chez nous, à dater de 1644, avec Edme Poterat, sous Louis XIV, et dont les plus remarquables spécimens ont atteint, à notre époque, des prix fabuleux, débuta dès le règne de François Ier. Masséot Abaquesne, *émailleur en terre*, qui demeurait, en 1545, sur la paroisse Saint-Vincent, fabriqua, pour le connétable de Montmorency, des carreaux émaillés destinés au château d'Ecouen, et sur lesquels on peut lire : *Rouen*, 1542.

Malgré les vicissitudes de tout genre que la capitale de la Normandie eut à supporter au xvi° siècle, son commerce continue donc à être florissant. Elle entretenait des relations importantes avec les Anglais, les Zélandais, les Flamands, les Espagnols, les Italiens et les Portugais. Lorsqu'en 1492, Christophe Colomb eut mis l'Ancien Monde en communication fréquente avec le Nouveau, les riches marchands de Rouen ne s'en tinrent plus au simple cabotage ; leurs navires allèrent chercher au Pérou et au Brésil de précieuses denrées qui firent la fortune de beaucoup de nos concitoyens.

Au xvi° siècle, la population rouennaise était de 100,000 habitants.

Charles-Quint demandait un jour à François Ier quelle était la ville de France la plus grande et la plus peuplée : Rouen ! lui fut-il répondu. — Pourquoi pas Paris ? — Parce que Paris n'est pas une ville, c'est une province.

VIII.

Époque agitée.

Quoique brillant sous quelques rapports, le xvi° siècle fut cependant attristé par de douloureuses guerres civiles. C'est que, à de rares exceptions, les récits historiques reproduisent la même alternative de grandeurs et de misères humaines.

Les guerres de cette époque, inexactement appelées guerres de religion, furent moins le résultat de discussions impartiales cherchant à déterminer certains points de doctrine, que celui de la lutte dirigée de toute éternité contre ce qui représente un principe d'autorité quelconque.

Rouen, comme la plupart des autres villes du royaume, eut grandement à souffrir de ces déplorables divisions.

Le 29 janvier 1560, l'amiral de Coligny, envoyé en Normandie pour apaiser les troubles que les calvinistes y causaient, se déclara le chef du nouveau parti Le Parlement de Rouen, qui remplaçait depuis 1515 l'ancien Echiquier, devenu perpétuel et sédentaire en 1499, prit des mesures pour s'opposer au développement de la propagande protestante. De plus en plus irrités, les rebelles renversèrent l'image de saint Michel dans l'église de ce nom, abattirent une croix placée devant l'église Notre-Dame-de-la-Ronde et enlevèrent plusieurs autres images de saints qu'ils pendirent. En août, ils pillèrent l'église et le couvent des Chartreux de La Rose. En mars 1561, ils pénétrèrent dans la Cathédrale pendant les vêpres, et insultèrent le prédicateur.

Dans la nuit du 15 au 16 avril 1562, les calvinistes, au nombre de 5 à 600, se rendirent les maîtres absolus de Rouen, du *Château* et du *Vieux Palais*. Ils désarmèrent les bourgeois, se livrèrent aux plus grands désordres et commirent toutes les horreurs imaginables contre les prêtres et les églises. Ils firent subir, à la plupart de nos édifices religieux, des mutilations, dont beaucoup sont encore visibles et n'ont pas été réparées, renversèrent des autels, brûlèrent des reliques et des ornements sacerdotaux, firent battre de la monnaie avec de l'argent provenant de vases sacrés, brisèrent les statues qui ornaient les portails de plusieurs églises, entre autres, de la Cathédrale, mirent le feu à celle-ci le jour de la Toussaint pendant l'office, ce qui, à partir du 3 mai, força d'y interrompre le service divin pendant six mois. Le Parlement, ayant vainement tenté de rétablir l'ordre, se retira à Louviers.

Le 23 octobre, l'armée de Charles IX, qui, sous la conduite du duc de Guise, était venue, le 18 septembre, mettre le siège devant Rouen, reprit, après vingt-cinq jours de tranchée, la ville défendue par les protestants, que commandait Montgomery Une première attaque avait été faite le 27 septembre, à la porte Saint-Hilaire, par le chef de l'armée royaliste, le père de Henri IV, Antoine de Bourbon, roi de Navarre, qui y reçut un coup d'arquebuse dont il mourut. La ville fut livrée au pillage pendant huit jours, sous les yeux de la reine Catherine de Médicis. Charles IX, qui n'avait pas encore treize ans, y entra le 26 octobre, et de nombreuses exécutions suivirent cette victoire. Le 1er novembre, une procession générale, de l'abbaye de Saint-Ouen à la Cathédrale, eut lieu en actions de grâces de la reprise de Rouen.

Le 22 mai 1576, le Parlement enregistra un édit de Henri III promettant de grands avantages aux protestants, lesquels se réinstallèrent à Rouen et y établirent leur prêche. Cet édit mécontenta vivement les catholiques de notre ville, qui se déclarèrent, en très grand nombre, partisans de la Ligue ou Sainte-Union, formée pour la défense de la religion. Le meurtre, à Blois, du duc de Guise, dit Le Balafré, et celui du Cardinal son frère, les 23 et 24 décembre 1588, achevèrent de détacher les Rouennais de la cause de Henri III ; et, le 4 février suivant, par suite de l'irritation qu'ils éprouvaient de ces meurtres, nos prédécesseurs eurent leur Journée des Barricades.

Les Ligueurs s'emparèrent de l'Hôtel commun, et se firent remettre le *Château* et le *Vieux-Palais*, par le gouverneur qui y tenait pour le roi. Le 8, ils organisèrent un conseil de ville qui traita toutes les affaires au nom du peuple. Le 9, ils étaient tout à fait maîtres de Rouen et y répandaient partout la terreur. Le 25, ils accueillirent avec enthousiasme le duc de Mayenne, frère de la reine et du duc de Guise. Le 12 mai, ils contraignirent le Parlement à reconnaître le titre de lieutenant général du royaume donné au duc de Mayenne, et brisèrent les sceaux du roi : puis, ils firent incarcérer un certain nombre de membres du Parlement, peu favorables à leurs volontés, tandis que d'autres, restés fidèles au roi, se retirèrent à Caen.

Après l'assassinat de Henri III à Saint-Cloud, le 1er août 1589, le Parlement de Paris proclama roi légitime de France, sous le nom de Charles X, le cardinal Charles Ier de Bourbon, ancien chef de la Ligue, ancien archevêque de Rouen. Une partie du Parlement de Rouen, qui avait formé ce que l'on appela le Parlement Ligueur ou l'anti-Parlement, le reconnut aussi. Mais le cardinal-roi mourut le 9 mai 1590.

Entre temps, Henri de Navarre, auquel le trône revenait par droit de naissance, mais dont ses opinions protestantes l'excluaient, poursuivait cette longue campagne, à la suite de laquelle il devait, par son abjuration, conquérir ceux même qui, auparavant, lui avaient été les plus opposés.

Rouen, l'un des principaux centres de la Ligue, était désigné pour recevoir ses principaux coups. Il l'assiégea, du 24 août au 2 septembre 1589, mais sans succès.

Le 19 février 1590, le marquis d'Alègre, châtelain de Blainville, qui s'était dévoué à la cause de Henri IV, s'empara du château de Philippe-Auguste, grâce à la connivence de quelques habitants de Rouen. Deux jours après, il fut forcé de capituler. En 1591, Henri IV fit sommation, de se rendre, aux Rouennais, qui répondirent qu'ils étaient résolus à mourir plutôt que de reconnaître un hérétique pour roi de France. Le 11 novembre de la même année, à sept heures du matin, il mit le siège devant la ville.

Son armée était commandée par le maréchal de Biron, qui,

le 3 décembre, établit à Darnétal un camp dont la tour de Carville était le centre. Le maréchal de Villars, qui commandait la Normandie pour le duc de Mayenne, avait mis la ville et le fort Sainte-Catherine en état de défense. On réunit tous les habitants capables de porter les armes, et on fit sortir des murs les vagabonds et les gens inconnus. La détresse fut immense à Rouen, pendant ce siège, qui dura près de six mois. Les subsistances manquèrent, et le peuple dut se nourrir de chair de cheval, que l'on vendit publiquement, ce qui n'était pas encore en usage habituel.

Malgré la famine, les maladies et les fléaux de tout genre qu'ils eurent à supporter, les assiégés firent de nombreuses et héroïques sorties, et repoussèrent tous les assauts. Le 20 avril, secourus par le duc de Mayenne et le duc de Parme, qui, le lendemain. entrèrent au milieu de vives acclamations, ils virent Henri IV s'éloigner de chez eux; et il y eut un *Te Deum* solennel à la Cathédrale. Ce siège fut le dernier que soutint notre ville, qui conserva cependant ses remparts, désormais inutiles.

Plusieurs fois sollicité par le Parlement de Normandie, siégeant à Caen depuis 1589, Henri IV abjura enfin, le 25 juillet 1593, dans l'église abbatiale de Saint-Den's et entra comme roi à Paris, le 27 mars 1594. Rouen consentit aussi à lui ouvrir ses portes, ce qui eut lieu par l'intermédiaire de Sully, lequel vint plusieurs fois pour traiter à ce sujet avec Villars.

La partie du Parlement dévouée à la Ligue se soumit. La partie royaliste revint à Rouen, le 19 avril, ayant en tête son premier président Claude Groulard, et déclara que, à l'avenir, tout serait fait sous le nom et le *scel* de Henri IV, roi de France et de Navarre.

Le 16 octobre 1596. le nouveau roi vint lui-même à Rouen, et son entrée, qui fut magnifique, s'y fit par le faubourg Saint-Sever. Henri IV s'arrêta sur un théâtre, disposé près du couvent des Emmurées, et d'où il put voir passer les troupes et le cortège des compagnies et des différents corps réunis dans la plaine de Grammont. En novembre, il ouvrit l'Assemblée des Etats généraux, convoqués à Rouen, à cause de la peste qui désolait Paris. — En 1597, les bourgeois l'ayant prié de faire raser le fort de Sainte-Catherine, qui leur avait été plus préjudiciable qu'utile, il fit droit à leur requête, en disant qu'il ne voulait d'autres forteresses que le cœur de ses sujets.

L'édit de Nantes, du 13 avril 1598, qui admettait les protestants à toutes les charges publiques et leur permettait le libre

exercice de leur culte, ne fut enregistré par le Parlement de
Rouen, le 23 septembre 1599, qu'après avoir reçu des modi-
fications. — Le 5 août 1608, sur le très exprès commandement
du roi, l'enregistrement en fut accompli sans restriction.

IX.

Epoque moderne.

Une sorte de calme à l'intérieur caractérise le xviie siècle.
Il serait cependant difficile de soutenir cette assertion d'une
manière absolue, en présence du jansénisme et de la Fronde.

Une féconde et active rénovation religieuse avait contreba-
lancé, par de vertueuses institutions, ce que le protestantisme
avait produit de désordres, de scandales et d'apostasie. Ce
salutaire mouvement, qui avait pris naissance au xvie siècle,
s'étendit au xviie siècle et contribua aussi à combattre l'hérésie
janséniste naissante. Je citerai au hasard, comme issus de ce
mouvement, l'œuvre militante de saint Ignace, l'Oratoire de
saint Philippe de Néri, les séminaires de saint Charles
Borromée, les Ursulines de sainte Angèle de Brescia, les religieuses de Notre-Dame, de saint Pierre Fourier, les Visitan-
dines de saint François de Sales, les Filles de la Charité de
saint Vincent de Paul, les Sulpiciens de l'abbé Olier.

Rouen ne resta pas en arrière. Un de nos concitoyens,
l'abbé Jean de Quintanadoine de Brétigny, né rue Saint-
Etienne-des-Tonneliers, le 6 juillet 1555, mort en odeur de
sainteté, le 8 juillet 1634, allait introduire chez nous, le
10 juin 1609, les Carmélites de sainte Thérèse, et le bienheu-
reux Jean-Baptiste de la Salle, né à Reims en 1651, fonder ses
Ecoles chrétiennes dans notre ville, où il mourut en 1719.

La Fronde fut sans grande importance à Rouen. Cependant,
en janvier 1649, le duc de Longueville, gouverneur de Normandie, entraîna le Parlement à prendre, à l'exemple de celui
de Paris, parti contre le roi. Il y réussit; mais le duc d'Har-
court eut bientôt apaisé cette révolte dans un semblant de
combat. A partir de ce moment, la Fronde normande, chan-
sonnée, périt sous le ridicule, avec ses chefs.

Après l'arrestation des princes de Condé et de Conti, le
18 janvier 1650, la duchesse de Longueville essaya de conti-
nuer, à Rouen et en Normandie, le rôle de son mari, empri-
sonné avec ses deux frères. Mazarin étouffa la révolte dans
son germe, en décidant la cour à venir à Rouen, avec le jeune
Louis XIV, qui y fit son entrée solennelle, le 5 février 1650,

et y passa quinze jours bien employés pour le rétablissement de l'ordre. Anne d'Autriche voulut, pendant son séjour ici, recourir à la protection de Notre-Dame de Bonne-Nouvelle, et ce fut dans cette maison, qui alors méritait une fois de plus son vocable, qu'elle apprit que la plupart des rebelles étaient prêts à rentrer dans le devoir, et à reconnaître l'autorité royale.

La peste et les maladies épidémiques décimèrent souvent les habitants de Rouen, pendant les siècles qui nous ont précédés. Il est dit, dans un *Calendrier* de 1698, que, l'an 1695, cessa la maladie des fièvres *pourprées*, qui durait depuis dix-huit mois, et avait fait mourir 17 à 18,000 personnes, dont à Saint-Sever, en particulier, environ 800, parmi lesquelles le curé, les prêtres, les clercs, les chantres et plusieurs trésoriers de la paroisse.

D'après Farin, qui publia son *Histoire de Rouen*, en 1668, la population rouennaise était alors de 80,000 habitants environ.

En juin 1683, un ouragan de peu de durée, mais de violence extraordinaire, causa aux monuments de Rouen des dégâts dont plusieurs sont restés visibles jusqu'à nos jours. Trois des quatre tourelles du portail de la Cathédrale furent renversées, et l'orgue brisé par la chute des débris. La pyramide de Saint-André-de-la-Ville fut abattue; la flèche de l'église Saint-Michel, emportée de l'autre côté de la rue, écrasa une maison. L'église Saint-Maclou, les vitraux et fenêtres de Saint-Ouen, la tour de Saint-Laurent, l'orgue et une partie de l'église de Saint-Martin-sur-Renelle éprouvèrent de grands dommages. Des arbres du cimetière de Saint-Gervais furent déracinés et enlevés.

Parmi les hommes qui illustrèrent notre ville au XVIIe siècle, soit par leur naissance, soit par leur séjour, je citerai Pascal, qui, pour s'être imbu des principes de Port-Royal, n'en reste pas moins un des remarquables génies de cette époque. Il demeura, de 1640 à 1647, à Rouen, où il fit, en 1646, avec beaucoup d'éclat, et en présence de plus de 500 personnes, de très savantes expériences sur le vide dans la nature

Le hardi explorateur, Robert Cavelier de la Salle, né à Rouen en 1643, baptisé le 22 novembre de la même année, dans l'église Saint-Herbland, fit un grand nombre de découvertes et d'établissements dans les colonies françaises de l'Amérique du Nord, de 1666 à 1687.

Jacques Pradon, poète tragique, né à Rouen en 1644, mourut en 1698.

Sacquespée, 1625-1690, laissa, comme peintre, une réputation, qui fut cependant dépassée de beaucoup par Jouvenet, né rue aux Juifs en 1647, mort en 1717, et une des gloires de l'Ecole française.

Notre vraie célébrité au XVIIe siècle, l'homme dont la renommée suffirait à elle seule pour l'illustration d'une ville, Pierre Corneille, né à Rouen en 1606, mort à Paris en 1684, reçut justement le surnom de Grand. Son éloge n'est plus à faire, non plus que celui de son frère, Thomas, 1625-1709.

Le traité d'Utrecht conclu, en 1713, entre la France, l'Espagne, l'Angleterre et la Hollande, et qui mit fin à la guerre de succession d'Espagne, fut salué avec bonheur par les Rouennais, qui espérèrent retrouver, grâce à la liberté de la navigation, une prospérité commerciale qu'ils avaient perdue depuis longtemps.

En 1762 et 1763, de nombreux arrêts furent rendus par le Parlement contre les Jésuites. Certains d'entre eux ordonnèrent le remplacement de ces religieux dans le collège de Rouen, et leur expulsion de son ressort, défendant à tous les sujets du roi de vivre sous les règles de cette compagnie et ordonnant à la compagnie elle-même de vider les maisons de l'ordre. Le 1er juillet 1762, on installa dans le collège de Rouen des régents et des professeurs séculiers.

Après avoir suivi l'exemple du Parlement de Paris dans ses attaques contre les Jésuites, le Parlement de Rouen entra en lutte avec le roi Louis XV. Ce prince ayant institué à Paris un grand conseil, destiné à mettre un frein à l'opposition des parlements, et à les suppléer, le Parlement de Rouen protesta contre cette mesure. Alors, un édit royal du 14 septembre 1771, le déclara supprimé, et réunit la haute Normandie au ressort du parlement Maupeou. En décembre, le roi établit à Rouen un conseil supérieur, semblable à ceux qui avaient été institués dans plusieurs villes du royaume, et dont l'intendant de la généralité de Rouen, Thiroux de Crosne, fut le premier président. La nouvelle magistrature reçut partout un dédaigneux et insultant accueil. En 1774, Louis XVI rétablit à Rouen le Parlement, qui y reprit ses fonctions, le 12 novembre.

Avant les travaux de canalisation, qui, en creusant et resserrant le lit de la Seine, ont facilité l'écoulement des eaux fluviales, des inondations considérables couvraient, presque annuellement, une partie des rives, principalement de la rive gauche de Rouen, et rendaient certains quartiers aussi insalubres qu'impraticables.

Déjà, le 24 février 1658, un débordement énorme, qui s'étendit jusqu'auprès de l'église Saint-Sever, avait détruit le plus grand nombre des maisons du faubourg. Jusqu'à quatre cents pauvres

furent obligés de se réfugier dans le prieuré de Bonne-Nouvelle où les administrateurs du Bureau de charité et d'autres
personnes bienfaisantes leur firent porter du pain. Les religieux de Grammont furent presque submergés, et eurent beaucoup de peine à retirer le Saint Sacrement du tabernacle.

En 1740, le 26 décembre, l'eau de la Seine, considérablement
grossie, monta jusque dans l'église des Emmurées L'un des
religieux qui desservait la maison, fut obligé de passer dans
l'eau, haute d'un pied, pour aller célébrer la messe. Le même
jour, l'eau sortit si rapidement entre les pavés du réfectoire,
que les religieuses durent, pour l'éviter, monter sur les bancs
qui leur servaient de sièges, et de là sur les tables. Le 27 décembre, les eaux ayant encore monté, le lieutenant de police
vint ordonner aux religieuses, de la part de Mgr de Tavannes,
archevêque de Rouen, et de M. de Pont-Carré, premier président au Parlement, qu'elles eussent à sortir de leur maison,
attendu que si l'inondation augmentait, il ne serait pas pos-
sible de leur porter du secours Les religieuses sortirent en
bateau, et furent, la plupart, reçues dans l'abbaye de Saint-
Amand, où elles demeurèrent environ trois semaines. D'autres
passèrent environ six semaines à Bellefont, d'autres aux Nou-
velles-Catholiques et aux Filles-Dieu, ou chez leurs parents. Il
en resta aussi quelques-unes dans leur couvent.

En février 1763, une nouvelle inondation envahit les paroisses,
Saint-Sever, Saint-Maclou, Saint-Martin-du-Pont et Saint-
Eloi.

La hauteur de ces diverses inondations, qui se sont conti-
nuées jusqu'à nos jours, a plusieurs fois été marquée à diverses
places du faubourg Saint-Sever et de la partie basse de la rive
droite Une grange, dépendant du manoir de La Motte et appartenant au signataire des présentes notes, servit quelquefois
aux habitants du quai, pour y retirer leurs bestiaux lorsque
l'eau envahissait leurs écuries et étables.

Des manufactures de mousseline, de velours et de drap de
coton rendaient autrefois notre ville florissante; mais le traité
signé avec l'Angleterre, en 1786, lésa tous nos intérêts com-
merciaux. Déjà, à la suite d'un arrêt du Conseil d'Etat, du
30 août 1784, dont les résultats étaient désastreux, un docu-
ment officiel avait déclaré qu'il n'y aurait de remède à la situation, qu'en maintenant, à l'exemple des Anglais, le régime
prohibitif. Le traité de commerce, de 1786, aggrava encore
l'état de choses, et fit dire, en 1790, au comité de commerce,
dans son rapport à l'assemblée administrative de la Seine-
Inférieure : « qu'il fallait que la France eût de grandes res-
sources pour ne pas succomber sous des coups aussi violents. »

Rouen fut visité au xviii° siècle, par Joseph II, frère de Marie-Antoinette, par Paul I°ʳ, czar de la Russie, et. le 26 juin 1786, par Louis XVI, qui revenait de Cherbourg et du Havre. Le roi fit son entrée aux acclamations d'un peuple immense, au bruit du canon et au son de toutes les cloches de la ville. La cloche de Georges d'Amboise se brisa sous les coups de son lourd marteau, ce qui fut regardé comme un mauvais présage. La visite du roi à la Chambre de commerce a été représentée par notre concitoyen Lemonnier, sur une toile peinte que l'on conserve dans une des salles du palais des Consuls.

Célébrités rouennaises, d'origine ou d'adoption, au xviii° siècle, quelques-unes appartenant cependant en partie à la fin du xvii° siècle, et quelques autres au commencement du xix° :

Le centenaire Fontenelle, 1657-1757, qui contribua à répandre le goût des sciences par la manière claire et lucide avec laquelle il les exposait ; — Le Cornier de Cideville, 1693-1776, qui forma, avec le célèbre chirurgien Claude-Nicolas Le Cat, 1700-1768, une société littéraire qui, en 1744, devint l'Académie des sciences, belles-lettres et arts de Rouen ; — Les Pères Daniel, 1649-1728, et Berruyer, 1681-1758, historiens ; — Mᵐᵉ du Boccage, 1710-1802, poète ; — Nicolas l'Emery, 1645-1715, chimiste ; — Restout, 1692-1768 ; Deshays, 1729-1765 et Lemonnier, 1743-1824, peintres ; — Lemire, 1724-1801, graveur.

X.

Epoque révolutionnaire.

Dès le début de la Révolution, la misère, causée par le manque de blé, prit d'inquiétantes proportions. La foule, qui réfléchit peu, et qui, au lieu de voir, dans le perfectionnement des machines, un moyen de soutenir la concurrence étrangère, et, par conséquent, de relever le travail national, brisa, dans une émeute du 12 juillet 1789, les mécaniques des filatures, qu'elle détestait depuis longtemps, parce qu'elle n'en induisait que la suppression d'une partie du travail à la main.

Bientôt après, se produisit un soulèvement d'un autre genre. L'avocat Jourdain et le comédien Bordier, venus de Paris pour encourager le pillage, furent pendus le 21 août suivant, à l'extrémité de l'ancien pont de bateaux ; mais le 23 novembre 1793, le conseil général de la commune, regrettant cet acte de justice sommaire, arrêta que leur mémoire serait réhabilitée et qu'ils seraient proclamés martyrs de la liberté.

La Convention, qui remplaça l'Assemblée législative, décréta l'abolition de la royauté, le 21 septembre 1792, et proclama la République, laquelle existait de fait depuis le 10 août précédent. Alors la société populaire et *régénérée* de la commune révolutionnaire de Rouen, affiliée aux Jacobins de Paris, voulut imposer ses décisions à la municipalité et même au directoire du département, faisant peser sur la cité tout entière le plus intolérable des despotismes. Elle se fit donner l'ancienne église Saint-Laurent pour y tenir ses séances.

Au moment de la Révolution, Rouen renfermait trente-six églises paroissiales et une église collégiale, sans compter les églises conventuelles qui étaient au nombre d'au moins quarante. Paris était la seule ville du royaume qui l'emportât sur Rouen, pour le chiffre des églises paroissiales et des monastères. Tous ces sanctuaires furent successivement fermés, les prêtres et les religieux traqués comme des bêtes fauves. La déesse *Raison* remplaça à la Cathédrale le Dieu de l'autel.

Maintenant, on a souvent répété que le sang coula peu ici, même pendant les plus mauvais jours, et que notre ville resta, plus que bien d'autres, fidèle aux principes de modération et de sagesse qui paraissent la caractériser. Il n'est cependant pas moins vrai que, en 1794, le tribunal criminel y envoya à l'échafaud l'abbé d'Anfernet de Bures, condamné pour n'avoir pas voulu renier sa foi et son ministère sacerdotal ; et, si presque tous les Rouennais, qui furent incarcérés, ne subirent pas ici la peine capitale, beaucoup d'entre eux portèrent leur tête à Paris ou ailleurs. Le nombre des Normands, guillotinés à cette époque, à Paris ou dans les départements, s'éleva à trois cent vingt-deux.

De terribles exécutions eurent lieu dans la circonstance suivante :

Rouen était traditionnellement attaché à la monarchie, et n'apprit pas, sans une profonde stupeur, le décret qui, en traduisant Louis XVI à la barre de la Convention, pouvait le conduire au bannissement ou à la mort. Un ancien avocat au Parlement de Rouen, Georges-Michel Aumont, se crut appelé à la mission de donner une forme aux plaintes qu'il entendait grandir autour de lui, et prépara pour la défense du roi une adresse à la Convention. C'était une énergique protestation contre le vote du 3 décembre 1792.

Des affiches, placardées dans la ville, invitèrent les partisans de l'adresse à venir la signer, le 11 janvier 1793, place de *la Rougemare*, chez celui qui l'avait rédigée. Un certain tumulte se produisit par suite de l'envahissement de la multitude, qu'agitaient des impressions contradictoires ; et, par prudence, Aumont déclara qu'il renonçait à son projet, et qu'il allait supprimer les signatures. Mais, le 13 janvier, l'affaire fut dénoncée à la Convention, et celle-ci, suspectant de modérantisme le tribunal criminel de Rouen, appela, le 26 mai, devant le tribunal révolutionnaire de Paris, Aumont et ses prétendus complices, parmi lesquels figuraient des commis, des domestiques, des ouvriers, des jeunes gens, des femmes et presque des enfants. Sur vingt-deux personnes arrêtées, neuf furent condamnées à mort, le 8 septembre, et, entre autres, Aumont, qui avait composé l'adresse, et Leclerc, imprimeur, qui l'avait publiée dans *La Chronique*.

Dans ces temps de troubles et d'agitations, l'échafaud, presque toujours en permanence, et trop souvent pour des innocents, s'éleva aussi pour de nombreux coupables, qui profitaient du désordre général, pour se livrer aux plus criminels attentats. Des bandes de brigands, appelés *chauffeurs*, infestaient les campagnes des environs de Rouen, et y portaient la terreur : François Duramé, leur principal chef, fut guillotiné, le 26 janvier 1798, avec neuf de ses complices. Trente-quatre autres misérables subirent le même sort le 11 mai 1799, et leur décapitation fut exécutée en moins de minutes qu'ils n'étaient de condamnés.

XI.

Epoque contemporaine.

En 1802, le 2 novembre, Napoléon, alors Premier Consul, et Joséphine visitèrent à Rouen, au faubourg Saint-Sever, rue Saint-Julien, une manufacture de velours, basins piqués, draps de coton, etc., dirigée par les frères Sevenne. Cette scène fut le sujet d'un dessin à la sépia, par Isabey, dessin conservé dans le Musée municipal de peinture, et d'après lequel a été exécuté un bas-relief du soubassement de la statue équestre de Napoléon, place de l'Hôtel-de-Ville. Le même jour, un métier à tisser par eau, inventé par le rouennais Jean-Thomas-Guillaume Biard, et appelé biarde, fut présenté au Premier Consul, qui en félicita son auteur.

En 1813, l'impératrice Marie-Louise posa la première pierre du pont de pierre actuel.

Le retour de Napoléon Ier de l'île d'Elbe, nous ramena l'étranger, en 1815. Trente mille Prussiens campèrent dans la ville et aux environs. Ils demandèrent une heure de pillage au maire, M. Lézurier de la Martel, dont la noble réponse mérite d'être conservée : « Pillez, si vous voulez, leur dit le représentant de la cité; mais, je vous en préviens, je fais sonner le tocsin ; à l'instant, la garde nationale sera sur pied, et pas un de vous ne sortira vivant de cette ville ». L'ennemi n'osa pas tenter l'entreprise.

Vinrent à Rouen, en 1825, la duchesse de Berry ; en 1829, la duchesse d'Angoulème; en 1831, le roi Louis-Philippe; en 1837, le duc et la duchesse d'Orléans; en 1857 et 1868, l'empereur Napoléon III et l'impératrice Eugénie.

Le 10 décembre 1840, passèrent par Rouen les restes mortels de l'empereur Napoléon Ier, transférés de Sainte-Hélène à Paris, et apportés jusqu'à Cherbourg par la frégate la Belle-Poule, commandée par le prince de Joinville.

A noter, parmi les Rouennais illustres de notre époque, les peintres Géricault, né en 1791, mort en 1824, et Court, 1797-1865 ; et le compositeur Boïeldieu, 1775-1834. Son cœur fut déposé, le 13 novembre, dans nôtre cimetière Monumental, à la suite d'une imposante cérémonie religieuse, célébrée à la Cathédrale.

La première apparition du choléra eut lieu chez nous en 1832. — Le premier début de la maussade épidémie, dite influenza, affecta, en 1890, une grande partie de la population rouennaise.

En 1848, Rouen eut encore sa guerre civile et ses barricades. Les premières élections politiques de la République, nouvellement proclamée, avaient obtenu ici des résultats relativement modérés. Mais cette conséquence, assez imprévue, et peu conforme au goût des amis du désordre, amena une réaction, que des agents venus de Paris parvinrent à fomenter. Une émeute s'organisa ; des barricades s'élevèrent sur différents points de la ville. Une d'elles, plus considérable et mieux défendue que les autres, ne put être attaquée et renversée, le 28 avril, qu'avec le secours de l'artillerie.

Lorsqu'un jour, de lugubre mémoire, le 5 décembre 1870, les Prussiens entrèrent dans notre ville restée sans défense, et livrée à une populace plus disposée à attaquer ses concitoyens qu'à se battre contre l'ennemi, le major étranger, désigné pour commander la place, se présenta à l'Hôtel-de-Ville. Tous les membres du Conseil municipal étaient à leur poste, et aucun ne quitta son siège. A la déclaration, faite par l'envahisseur, qu'il venait prendre possession de la ville, le maire, M. Nétien, fit une belle réponse, que l'histoire a consignée : « Vous êtes ici par la force ; les troupes françaises nous ont quittés ce matin ; nous sommes ainsi contraints de subir vos ordres. »

La situation de Rouen était, en effet, alors doublement

critique. Le général Briand, devant l'impossibilité de défendre une ville ouverte, avait quitté celle-ci et s'était replié sur Honfleur : « Je l'ai vu pleurer, écrivait plus tard le duc de Chartres, qui avait combattu à Buchy sous le pseudonyme de Robert le Fort, je l'ai vu pleurer, alors qu'il regardait, à la sortie de Saint-Sever, défiler les troupes ».

D'un autre côté, des gens sans aveu s'étaient emparé des armes abandonnées par la garde nationale et s'en étaient servi pour essayer de tirer sur les conseillers municipaux réunis en séance permanente. Une toile du Musée, alors dans l'Hôtel-de-Ville, conserva longtemps la trace de cette criminelle tentative :

« La révolution et l'occupation étrangère, ne put s'empêcher de dire au maire le major prussien, à la vue d'un pareil état de choses, c'est trop! »

Je dois rappeler la généreuse conduite du cardinal de Bonnechose, archevêque de Rouen, alors que se poursuivirent les négociations préliminaires de la paix. Sur une contribution de guerre de 26 millions de francs, imposée au département de la Seine-Inférieure, et à laquelle Rouen devait fournir 6,500,000 francs, le cardinal obtint du roi de Prusse remise des deux tiers de cette dernière somme, grâce à une démarche spontanée et périlleuse qu'il fit au quartier général de Versailles, les 13 et 14 février 1871.

Plus tard, le 11 mars, le vainqueur, voulant célébrer ses succès par une entrée triomphante à Rouen, demanda à la municipalité de s'associer à cette manifestation humiliante pour nous. La réponse du maire fut aussi ferme et aussi digne que l'avait été celle du 5 décembre précédent : « Votre empereur est un soldat, je lui préparerai un billet de logement ». Et, ce fut sous des drapeaux recouverts de crêpes, et devant les statues voilées de Corneille, de Boïeldieu et de Jeanne d'Arc, que les troupes étrangères durent passer pour se rendre dans les plaines de la rive gauche de la Seine, où eut lieu une grande revue, à laquelle aucun de nos concitoyens n'assista.

L'attitude, justement hostile de la population rouennaise, eût pu attirer sur elle les plus sévères représailles. Le maire plaida la cause du patriotisme révolté, parla éloquemment de la vive douleur que causait à ses administrés une démonstration d'allégresse, et reçut du prince héritier d'Allemagne les paroles suivantes : « Rassurez-vous, Monsieur le maire, rassurez vos concitoyens. Je ne veux pas que ma visite à Rouen soit marquée par des répressions. Mais j'avoue que toutes ces tentures noires me gâtent votre ville, qu'on dit si belle. »

Le soir, qui suivit le départ définitif de l'armée allemande, 22 juillet 1871, la cloche dite d'*argent*, qui se taisait depuis l'invasion, reprit, au Beffroi, la sonnerie du couvre-feu.

Le 12 mars 1876, un ouragan épouvantable, rappelant celui de 1683, et qui devait se renouveler avec un peu moins de gravité, le 1er janvier 1877, éclata sur la ville et les environs, et causa des dégâts énormes. Pendant toute la journée, il fut impossible de résister à la tourmente. La Seine avait l'aspect d'une mer houleuse. Les cheminées, les toitures, les tuiles pleuvaient de toutes parts, et beaucoup de monuments, la Cathédrale, Saint-Maclou, Saint-Ouen, Saint-Vincent, Saint-Gervais, la tour Saint-André, le Palais-de-Justice, Notre-Dame de Bonsecours, éprouvèrent de notables détériorations, surtout dans les parties neuves ou restaurées.

Au moment où s'arrêtent ces notes, rapidement écrites, la prospérité industrielle, commerciale et fluviale de Rouen tend à grandir sans cesse. Le chiffre de la population dépasse 100,000 habitants. Douze églises paroissiales, cinq succursales, indépendamment de nombreuses chapelles, sont fréquentées par une population catholique favorable aux sentiments religieux, et dont l'immense majorité a été péniblement affectée, en 1882, par la suppression municipale des processions publiques.

FIN

Rouen. — Imp. du NOUVELLISTE, rue St-Etienne-des-Tonneliers, 4.

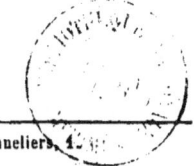

www.ingramcontent.com/pod-product-compliance
Lightning Source LLC
Chambersburg PA
CBHW071256210626
46818CB00013B/1839